KB132122

슬픔이 오시겠다는 전갈

한영옥 시집

문학동네시인선 110 한영옥
슬픔이 오시겠다는 전갈

시인의 말

이제 와서 염치없이
뵈올 수 없는 분께
간구하는 중이다.

무르지 않은 온화함과
무르지 않은 따뜻함,
무르지 않은 폭신함을

제 몸과 언어에 둘러주소서.

2018년 10월
한영옥

차례

2부

1부

우둔

망설임 끝에 겨우 접은 망설임이었는데
함께 발맞추며 걸어가던 길 툭 끊어들더니
슬며시 동반(同伴)들 저쪽으로 방향을 틀어버린다
방향을 튼 뒤 재빠르게 멀어져간다
망설임 끝에 어렵사리 펼친 의욕이었는데
가파르게 멀어져 뒤따르기 어려웠다
저쪽은 무성해질 것이다, 화사해질 것이다
버려진 것이라면 분명 까닭이 있겠는데
미처 깨달아내지 못한 뭣이 뾰족하겠는데
황망하게 사방을 둘러봐도 등 비빌 데 없었고
봄이 오면 이곳도 꽃물결 찰랑댈 거라는 짐작뿐
겨우 그뿐, 우둔하게 땅만 보며 짐작이 가난했으니
매끈한 대열에 끼어든 것 애초에 무리였으리
끊어진 자리에 못박혀서 저쪽 굽어보는 갸웃한 모가지
혼자만 모르는 그 뭣이 분명 있었던 게지, 있었던 게야
한 해 두 해 답답하다 오백 년 다 돼가는 느티나무
그냥 그 자리에서 꽃 짐작만 거듭 환해질 뿐
헤헤거리며 앞지르기 잘했던 전생(前生)은 깜깜할 뿐.

센티멘털리스트들

서서히 그러다 갑자기 어느 시점에서 온통
붉어져서 점멸하며 떨어지는 꽃사과들처럼
당신은 절차대로 붉은 등을 보인 것인데
적신호라면 이제쯤 낯설지 않아야 할 터인데
그는 당신 등이 낯설다고 울음 터뜨리더라
인생이 두렵다고 쓰러지는 당신 폭 안아주며
함께 일어났던 기억 엊그제 같은가본데
이만큼 흘러온 것인데, 등돌리는 것인데
하루가 멀다 하고 멀어져 밀려가는 사람들에
당신은 끼지 않을 거라는 그의 헛생각이
끼룩끼룩 울고 있더라, 참 우습더라
오늘도 여기저기서 연애들 꺼지고, 켜지고
밤거리는 화려해지며 센티멘털리스트들의
한시적 우울함도 예정대로 잦아드는데
새로운 느낌에 젖어들 때만 나는 사는 거라고
중얼거리며 당신의 붉은 등이 휩쓸어간 거리를
따라가는 센티멘털리스트들 속에 끼어들며
그가 울음을 그쳤는지 우리는 벌써 잊었다
무르익는 밤의 카페에서 취향대로 웃으며
우울을 깔고 앉아 한시적으로 무르익는다, 우리는.

다행이다, 정신

지난밤 눈발이 나 모르게 단잠을 주었으리라
일어나자 시원한 눈발 따르며 침침하던 눈, 밝아졌다
저것이 눈밭인 줄 몰랐을 지구의 첫 기침에서
캄캄했을 나의 혼란, 가끔 어지럼증으로 온다
아찔했던 한 오라기의 공포, 그러나 뒤이어
정신은 흰 눈의 보드라움을 깨치며 안도했으리
낮과 밤을 베풀며 지구는 어느덧 다정해졌고

제자와의 만남, 생각했던 대로 옛날 얼굴 아니고
나의 한 시절이 그의 시절을 재빠르게 간파한다
눈밭을 걸으며 어둠을 걷어주려고 애썼지만
변명이 아니라면서도 끈질기게 변명하는 소크라테스
변명을 가르치는 수업은 이후로도 끈질겨서
나 또한 내 판단에만 끈질겼으니, 눈 둘 데 없다
너 모르게 단잠을 주고 싶다는
너 모르게 힘이 되어주고 싶다는
부산스러워지며 들뜨는 감성을
흰 눈밭 위에 성큼 쏟아놓지 않은 것, 다행이다
뚜벅뚜벅 더 걸어가보기로 한 것, 다행이다.

저 많은 회초리들

우스갯말들 어느 결엔가 노한 불길로 번지곤 하던데
어디까지가 좋은 건가 재어본 적도 있긴 있었는데
결국 조심성에 관해서라면 분명한 끝이 안 보이던데
개미 한 마리도 죽이지 않겠다는 시퍼런 신념으로
신발 벗어던진 채 하늘 오를 듯 가뿐가뿐 옮겨가는
백의교도들 흰 옷자락이 화면을 조심스레 메웠다가
느릿느릿 사라져간 얼마 뒤에 중얼거리게 되는데
저 맨발바닥들도 조심성의 끝은 아니라네……

조심하라는 말 인사치레로 많이 주고받곤 했었는데
그러다 그 말의 뼈와 제대로 마주친 적이 있었는데
얕은 재미로 한드랑거리다가 당신을 놓칠 뻔했던
천 길 벼랑의 시퍼런 깊이가 아뜩하게 들이닥쳤던
가슴 쓸어내리며 미련한 짐승, 하고 고개 못 들었던
당신의 뜨뜻한 양손 끌어다 아뜩함을 오래 문질렀던
맵싸한 겨울 능선, 저 많은 회초리들을 어째 못 보고.

이유도 없이

무심한 듯 유심한 듯 그럭저럭 오가던 말들이
보폭이 알맞아 징검다리 같다고 여겼던 말들이
제 무게를 갑자기 주장하며 튀어오르는 충격에
고스란히 얻어맞고 돌아오던 그날 마을버스 안에서
멍하여 이웃의 인사도 못 받고 나쁜 인상을 남기고
집으로 돌아와 누웠으나 의식은 멍들어 흐르지 못했다
오갔던 말들이 모래처럼 쏟아지며 들끓는 통에
장맛비가 쏟아지는 줄도 모르고 집밖으로 피했다가
빗줄기에 또 얻어맞아야 했던 무참한 멍석말이의 밤
그렇게 갑자기 도진 그날은 이후로 고질병이 되었다
말도 사람도 두들기다 흩어질 뿐이었다, 그후로는.

혹은,

한 사내가 전속력으로 무단횡단중이다
근처의 눈길들이 전속력으로 쏟아진다
사내는 무단횡단을 무사히 끝낸 뒤에도
전속력으로 어딘가를 향해 또 질주한다
무슨 다급한 사정이라도 있었던 것일까,혹은
다급한 사정이 있었던 것처럼 엄살떨며
쏟아지는 눈빛들에게 대꾸라도 하는 건가
대꾸하는 것이라면 핑계 만드는 것일 터,
늘 대꾸가 푸짐하던 어떤 얼굴이 불쾌하다

사내의 질주를 끝까지 쳐다보는 심사는
대꾸하는 얼굴 그만 지워버리고 말겠다는,혹은
성급한 결론은 금물이라는 의중이긴 했으나
그래도 어쨌든 무단횡단은 무단횡단인데
저 질주, 묘한 화술이라면 화술일 터인데
핑계 한번 측은하다는 연민지정 질펀하여
파란불 들어오고도 우두커니 젖기만 하다가
간신히 질주하여 무단횡단 면할 수 있었던.

길바닥, 노란 꽃들

저 많은 엉덩이들에 비해
앉을 자리는 턱없이 모자랄 듯한데
결국 엉덩이를 들여놓지 못하게 되는데
암울한 퇴장의 의지만 받아든 채로
몫을 받지 못하고서, 셈해지지 않고서
길바닥과 나란히 키를 맞추기로 하는
맥없는 노란 꽃들은 햇살이나 주섬주섬,

몫을 나누는, 셈을 하는 검은 그림자들이
돌봐주겠다면서 떼로 돌아다니는 길바닥
안도의 가쁜 숨결 슬쩍 감춰놓은 채로
지끈지끈 밟아가며 쓰다듬어주는 척은,
길바닥에 키를 맞추고 덜커덕 나앉으면
보이느니 아닌 척하는 것들 속셈이던데
속셈의 구절양장이 너덜너덜하던데.

이깟 것들

비겁하게 달라붙는 하루살이 같은 잡생각들
때려잡겠다고 파리채 잡고 이리저리 뛴다
동지도 지나고 12월이 다 가도록 함초롬 피어
애련을 돋우는 분홍, 보라 과꽃을 쳐다보며
애련에나 깊이 물들어보려 하는데 어쩌자고
이깟 것들이나 달라붙어 치근덕거리는 것인지
아예 애련에 물들기는 틀렸다는 쓸쓸함으로
오래전 접어둔 책갈피나 무심히 펼쳐 보는데
레비나스, 타인을 존중하라고, 이 말 저 말로
어깨 두드려준 그에 대하여 "극도의 조심성과
신중함, 그리고 겸허한 태도를 유지한 사람"
이라고 평전은 전해주고 있었다. 그렇지, 이런
사람이어야지, 한순간 마음먹어 든든해지는데
유지해야지, 유지해야지 애를 써대는 중인데
이깟 것들 아직 휘몰아치는 냉랭한 11월이여
애련한 과꽃 송이 다 스러지도록 눈이나 모셔라
이깟 것들 아주 기어들어가도록 펑펑 모시거라.

뚝, 그치고

머리끝까지 저릿한 걸 보니
많이 참은 것이다
자리 털고 일어서며
방석 제자리에 던져놓고
미닫이문 스르륵 열고 나가며
그래도 한 번 더 주춤거리다
가지런하게 문 닫아주고
나가서 한참을 헤매다, 걷다가
찻집 창가에서 컵을 오래 만지다
마음의 네 귀퉁이 단단히 잡아
마음을 착착 접고 마는 사람들
오늘도 여기저기 쿡쿡 박혀 있으니
나도 한자리 배정받은 것이니
차 한잔 비우고 사람 몇 버리고
가벼운 몸으로 나서면 되는 것
내리는 눈발이 포근하리라는
근거 없는 바람 이젠 뚝 그치고서.

매운 밥 한 알이

맵게 비벼서 성급하게 한술 먹더니
매운 밥 한 알 잘못 넘어가더니
재채기가 쏟아지기 시작하더니
젖은 연기 삼킨 듯 목이 매캐하더니
모르던 아픔 맛이 그득 차오른다
그간 어떤 방식을 빌려서든
치명(致命)을 지시하고서야 고통은
잦아들어가곤 하였을 것이다
계속 끌려가고 있는 재채기가
어디까지 갈 것인가 두려워
숨 놓아야지 고개 꺾으려 할 때
겨우 잦아지다 사라지는 재채기
이와 같은 절차의 도식들 기억한다
한 도식이 그친 뒤의 저녁, 어둡다
죽을 맛들이라면 아직 푸짐하다며
치명의 길에 눕는 밤, 캄캄하다.

도넛을 통해서

도넛 한 개를 먹고
미진하다 생각하며 상자를 접으려 했을 때
생각지도 않게 귀퉁이에 물큰하게 남았던
화들짝 반가웠던 도넛 한 개의 물질성,
그 강도(強度)의 순간을 회고해본다
그만한 정도의 강도들이 그럭저럭 있어서
사랑하고 미워하는 일 꾸려졌을 것인데
다시 생각은 구름 타고 제멋대로 가는데
남아준 도넛 한 개의 뜨거웠던 물큰함,
그만한 정도의 물질성에 업혀 나올 그 무엇
사랑하고 미워하는 일 너머, 저 너머에
잠겼을 그 무엇 가리키는 손가락 아니라
손가락이 가리키는 그 너머의 강도를
도톰하게 모아준 도넛의 순간을 회고한다.

심란(心亂), 살살

문제라고 생각하면 큰 문제가 되는 거고
별일도 아니라고 생각하면 별일도 아닌 거고
올망졸망한 심란들을 집합시켜 앉혀놓고서
차 한잔 따라주며 차 한잔 마셔가며
안달복달하는 판단, 살살 구슬리다가
대왕참나무는 허우대 값도 못하는군그래
발치에 모인 도토리들 형편도 없군그래
딴청으로 딴청으로 창밖으로 고개 내밀다가
가을 눈짓에 끌려 슬며시 쓸쓸해지는데
찻잔들이 제법 비어가고 있다, 어느덧
대왕참나무가 미리 떨친 도토리들처럼
몇 알갱이 설익은 판단들 잘 으깨진 것일까
살살 골라 담으면 녹말 한 스푼, 밑천 삼아
한 알맹이 실한 걸로 빚어낼 수 있을까
문제라고 문제삼으면 한도 없는 거고
별일도 아니라고 눈감으면 감는 거고
그냥 버무려 대왕참나무 발치에 내려놓으려고.

낯이 설어서

숲속 넓은 터 한구석으로 숨어서
여린 나뭇가지로 얼굴을 가려가며
여린 소년이 끄윽 울음을 삼키고 있다
코끼리 조련사 자랑스럽기만 한 아빠가
집안에선 한없이 너그럽기만 한 아빠가
코끼리 등에 올라타더니 고함 냅다 지르며
꼬챙이로 코끼리 살을 찍어 할퀴는 모습이
아득하게 기가 막혀서 도무지 낯이 설어서
여린 나뭇잎으로 흐르는 눈물을 문지르는
저 낯섦의 설움이라면 낯설지 않다
그때 누가 봤으면 안쓰러움이 저만했겠다
푹푹 퍼 담아 안겨주던 묵직한 마음 자루
애지중지 높은 선반에 발 디뎌 모셔두었건만
해 저물어가는 흐린 저녁 느닷없이 닥쳐
도로 등짐 지고 냅다 멀어져가던 한 모습이
아득하게 기가 막혀서 도무지 낯이 설어서
허공을 흠썬 들이켰다 혀까지 내뱉었으니.

극진

구중궁궐 기울 퍼런 정원이었으니
몸가짐 바로 하며 극진하리라
몸가짐 꼿꼿이 하며 마음 다하리라
비바람 맞으며 묵묵했었던 것인데

비보다도 바람보다도 눈초리,
살갗 에이는 눈초리 따갑게 날리는
사방이 억색하여 목매도록 억색하여
뒤틀리기 시작했을 그 참하던 향나무

더는 뒤틀 수 없는 몸 탁, 놔버리며
옜다, 하는 순간이 비로소 극진이겠다

묵묵히 가려던 길 정신없이 흔들어대던
아무개들 앞에 차려진 한 상
옜다, 푸짐한 극진이여.

단념(斷念)

마음씀씀이

어째 좁쌀 한 홉도 아니라고

터질 듯 섭섭하다 하려다 뚝, 그친다

바람이 된서리 맞아 추레할 걸 안다

새파랗게 단념(斷念)해 익히면

빨갛게 단념(丹念)일 텐데

괜히 입 밖에 말 내어놓고 나서

운신(運身)이 어색해 우왕좌왕하던

비릿한 되새김, 토하고 싶어라

몸 내놓고 살아가는 뻔한 세월에서

운신이 어색해지기 시작하면

미끄러운 얼음 방석 깔고 앉은 생(生)

정신없이 헛바퀴만 맴맴 돌던데.

흔적, 분홍

조목조목 명실상부하진 못하였으나
웃는 얼굴에 침 뱉지 않았으며
남의 동냥자루 빼앗지 않았다는 기억들
지난날이 점차 희미해지는 시간 누르며
오롯하게 솟아 사각사각 펼쳐진다면
너는 무성한 잎사귀들 틈의 드문 꽃,
너도 모르게 잎사귀, 잎사귀 틈에 낀
드문 분홍이 숲길을 아련히 일으키는
늦여름 저물 무렵, 아물거리는 때에
말 못할 시커먼 사정이 있었노라고
그저 미안할 따름이니 용서하라고
네가 엎드려 울지 않았으면 좋겠다
첫 마음에 애써 다가서며 살았으리라는
그 흔적, 분홍이 사라져갈 듯 엷더라도
충분히 드문 꽃, 드문 걸음이었다고
숲 바람 일어나서 듬뿍 웃음 쏟아주니.

네게 바란다

언질도 없이 표정을 바꿔버린 거리를
두리번거리며 당황하며 너는 걷는 중이다
빛나는 사람들 빛으로 지나가다가
어두운 사람들 어둠으로 지나가다가
빛나던 사람이 어두워지며 가기도 하니
어둡던 사람이 빛나며 가기도 하니
아무 판단도 내두르지 않고 양손에 힘주면서
단지 네가 있을 뿐임을 공손히 받들었으면 한다
먼 곳에서 옮겨다 심은 느티나무를 쳐다보며
잘살고 있구나, 용하게 살아내고 있구나
입속으로 뜨거운 격려를 둘둘 말아넣으며
헤프게 울지도 말고 웃지도 말았으면 한다
참하게 또 장하게 너는 오롯이 있을 뿐임을
있다는 지금의 사실을 깨끗한 옷 한 벌로 입고
낯을 바꾼 거리에 대해 묵묵하기를 기대한다
손 모으며 기대하면서 네게 의지하고 있으니.

자주감자꽃 생각

계란꽃은 살그머니
달걀 터뜨려놓은 것 같고
삿갓버섯은 넉넉히
김삿갓 쓰던 그 삿갓 같고
씀바귀 이파리는 슬며시
입속에 넣어보면 진저리나던데
어째서 사람 맘은 더듬을수록
캄캄하기만 한 것이냐 손사래 치면
그러다 제 얼굴 때리겠다는 것
이 겨울도 겨울 모르겠다는 듯
푸릇푸릇한 사철나무 아래서
잔뜩 붉어가는 네 면상(面相)은
사철나무 꽃 결코 아닐 것이니
저만치서 코딱지꽃처럼 훌쩍이다
내년 여름께는 자주 꽃대 쑥 올리고
캐보나 마나 자주감자로 잘 영글어라.

툭툭

기억력이 좋지 않다 사랑은
지긋지긋한 끈질김도 모른다

발목에 엉킨 수북한 칡넝쿨과 씨름하다
발목을 빼지 못하고 바싹 낫날을 댄다

지긋지긋 감겨드는 넝쿨 탓하다가
끈질김을 바라던 그 시절 불러내
한 품에 안기는 시늉하며 웅크린다

멋쩍어 얼른 칡넝쿨을 끊어내는데
툭툭 잘려나가는 소리 바싹 낯익다

익은 소리에 귀 대어보는데
귓바퀴 굴리는 멍한 설움만 질기다.

섭섭지 않다

아, 더는 낮아질 수 없는 한숨 쪼개며
끝까지 타고 가려던 한 세월도 쪼갠다
이제부터의 이만한 내 걸음걸이로는
더이상 성큼 들어서기 어려운
막막한 길로 불현듯 접어드는
너희들 심사 알고도 모르는 척했다
받을 만큼 받으며 산 것이다
더이상 손잡지 않겠다는 기미
알고도 모르는 척 잠잠하다가
겨우 알아듣는 척 뒤척였으니
헛기침은 이제 그쳐도 좋겠다
파고들며 흐느낌을 받아주던
행주치마 냄새 짙던 세월이여
흔흔한 바람 많이 내어주었다
두려움과 자책의 얼굴 벗으며
아, 더는 낮아질 수 없는 한숨으로
지나온 길 슬며시 빠져나가는 걸음
배웅은 극구 마다했으니 섭섭지 않다.

사심(私心)들

울퉁불퉁 치졸한 이 사심도
닦고, 닦아 맑은 호수 지으면
특정한 개인의 의식 아니라
보편적 인간의 박꽃 같은 의식
부스스 피어나 환하게 밝으리라는 말씀
마음 되게 시끄러운 날이면 뒤적이는
이 책 저 책께서 따끈하게 건네주셨으니
이 서러움이 꼭 서러움만은 아닌 줄
부스스 잘 깨달아 환해지도록 하겠습니다
으르렁거리는 그 사심들이 늘어섰던 거리
움츠리고 간신히 지날 적, 되짚어보면
잠깐씩 뜻 모를 두근거림도 있었어요
조금씩 두근거림들 차분히 모았다가
유난히 눈물 많은 고운 사람들 불러
울음보따리 풀며 큰 잔치판 벌이겠습니다.

나를 따라 오르렴
—비무장지대에서

생각에 생각들 거듭하여서
그중에 따뜻한 생각 모아
무장 해제의 땅 만들어 가르고자 하였던 것인가

오욕과 칠정의 질척임 멀리하여
철새들 높이 날고 열목어떼 유유히 흐르는
무릉도원 세워 가르고자 하였던 것인가

심사숙고가 그처럼 맑았다는 것인가

엉큼한 관념의 너울 지긋지긋하여
녹슨 상징 저렇듯 시뻘겋게 도졌으니

뒤뚱거리며 한 발 가슴에 묻는 흰 두루미,
어느 쪽으로도 몸을 가누지 못하다가
고개 저으며 날개를 퍼덕인다

산처럼 높이 쌓인 서류철을 풀어라
으르렁거리는 상스러운 욕망들
조목조목 잘 골라 버리고서
이쪽에서 저쪽까지 나를 따라 오르렴
열심히 퍼덕이며 솟구친다.

적막을 내다보며

홀로 있을 컴컴한 밤에 환하게 펼쳐놓고서
시끌벅적 재미있게 한바탕 잘 놀려는 속셈으로
좋은 사람들이라 생각해온 몇과 어울려
좋은 풍경이라 생각해온 풍경에 푹 들어
하루를 길게 잡아당겨 잘 싸두었습니다
바라던 적막도 지쳐 종일토록 퀭한 눈으로
커튼이나 올렸다 내렸다 기다리는 시늉할 때
피시식 삐져나와줄 두둑한 웃음보따리
이 구석 저 구석에 갈무리해놓으려는 욕심에
하루의 귀퉁이를 요모조모 잡아 늘였습니다
그날 좋았던 하루 행여 녹아버릴까보아
그러다가 가뭇없어질까보아 조바심 무성하여
그후로 좋은 사람들이라 생각해온 몇과
드문드문 조심조심 얇게 지냈던 것입니다
그러다 슬며시 연락이 끊겼던 것입니다
내다봤던 일이라 잔잔하게 흘러갔습니다.

난처

쓸쓸하게 건초 내음 퍼지는
마른 섬유질의 야크 똥으로 지핀
수유차 한잔 마셔보고 싶다

사람 몸밖으로 빠져나오는 것들
악취만 없어도 한결 가뿐하겠는데
사뿐히 받아내는 능력만 있어도
한 걸음 더 힘내서 걸어가겠는데

봄날, 가을날 꽃대궐 차리며
줄줄이 빠져나온 꽃송이들 맡으며
손에 손 잡고 흥건하게 놀다가

구석구석 보살펴주면서
사각사각 매무시 고쳐주면서
잘 가라고 잘 가서 기다리라고
보내는 일 한결 가뿐하겠는데

사람 몸밖으로 빠져나온 것들의
아, 난감한 난처 앞에서 표정 없이
끄덕이며 숙연해지는 능력만 있어도

그만한 사람

그만한 사람이 없다고 그에 대하여
참한 후배와 두툼한 공감을 나누기도 했었다
언젠가 그 사람은 참한 후배의 곤경 속으로
깊숙이 걸어가주었다, 수수방관하지 않은 것이다
실천하는 인간으로서의 그와 빈 강의실에서
이타성에 대하여 소박한 의견을 나누기도 했었다
여름 방학이 시작되고 담쟁이가 한창 초록,
담쟁이를 배경으로 장미의 빨강이 또 한창이었다
초록 옆의 빨강처럼 우리의 판단 명석치는 않았지만
대신 더위를 물리치며 단단한 침묵을 주고받았다
넘치는 것들에 대한 혐오를 충분히 공감하는 가운데
넘치게 베풀던 낡은 지갑 떠올라 가만 웃기도 했었다
진지한 것들 더 나눠 가지려 여유를 두고 있었는데
빈 강의실에서 '느낌'에 대해 더 얘기하자 했었는데
빨강과 초록만 엮어놓고 급히 날개를 꺼내다니
너만한 사람은 너밖에 없다고 혼잣말하다가
한창이던 그에게 믿을 수 없노라고 하소연한다
쿵, 잃었다는 느낌의 바윗돌 옮기지 못하겠다.

냉정(冷靜)으로

몸이 맘에 엉기는 것인지
맘이 몸에 엉기는 것인지
알고 싶지도 않다, 그냥
곤죽이 된 시간이나 더 휘젓는다
새벽이 재빠르게 오던 날은 지나갔다
책장을 넘기고 검색어도 두드린다
꿈꾸었던 몸과 맘의 섬세한 조율과
발랄한 생동을 이젠 원하지 못한다
고통이 번져가는 미세한 정황들을
헤집어보던 마조히즘의 시간은 갔다
'이성의 부인보다 더 이성에 적합한
것은 없으리라'는 고요한 냉정으로
걸음 옮기려면 단계가 많을 것이고
그때마다 뜻밖의 요구가 튀어나오리라
곤죽의 밀도가 슬머시 성글어지면서
곤고하게 지친 새벽이 트여오는데
자발없이 뭐라고 트집 잡지 못한다
생트집을 잡기도 했을 날은 지나갔다.

백송(白松) 근처

꽉 찬 겸손으로 양어깨 누르며
쓸쓸함 가지런히 꾸려가는 참한 사람과
창경궁 곳곳 뒤지다 백송 무리 우러르는데
솔잎 끄트머리 꼿꼿이 세워주던 높은 바람
참새떼 업어 내려와 풀밭 위에 앉힌다

백송의 높이와 참한 사람의 깊이가
반갑게 섞이며 근처로 은빛을 모은다
이만큼 단정한 시야, 흔치 않았다
말을 아끼며 풍경을 뒤졌던 보람 실하다

참한 사람은 시야의 주인공인 줄 모르고
백송들의 푸릇한 둘레를 몇 번째 돌고 있다
한지(韓紙) 한 장 은은하게 뜨이는 듯하다

몇 발 뒤로 물러나 슬몃슬몃 따라 돈다
삐딱하게 굳어버린 의지들 누르며.

2부

애절(哀絶)

눈썹은 눈썹대로

입술은 입술대로

냉혹하게 짙어오네

이 짙음에 하얗게 시달리네

어디 한 모퉁이

마음 밀어둘 데가 없네

이 짙음 속으로

오래도록 짙어온 사람

견딜 수 없는 이 짙음을

하얗게 견디라 하네.

천둥, 벼락

오래 벼른 듯한 천둥벼락이 가혹한 회초리, 흰빛으로 때
린다
그간의 비천한 이해력을 쏟아놓으며 정직하게 꿇어야만
했다
비가 개고 저녁이 맑아지고 네 얼굴에 애절한 옛날 돋더라
그래, 지금 이만한 사람이 없는 것이지, 더 바랄 게 없는
것이지
이만한 사람이 없다고 흐느낄 수 있으면 살뜰하게 이만
한 일이
없는 것이지, 청신한 저녁 하늘 부드럽게 휘어잡았다 놓
아주곤 하는
키 큰 나무들의 말랑해진 나뭇잎으로 너를 촘촘히 오래
쓸어줘야지
그동안 많이 잘못한 것이지, 마음을 데리고 멀어져만 가
던 미욱한 때
그만한 사람이 없겠구나, 빗발치는 깨달음 속에 몸 둘 곳
이 없었더라
이제 이만하면 얼추 괜찮은 것, 더는 무얼 하려고 들썩이
지 말아야지
이만한 저녁이 없겠네, 들리지 않게 흥얼거리며 순한 밤
을 기다려야지.

때,

내 몸안의 한 섬 쌀알

죄다 털어내어

밥 짓고 떡 치고,

그대 몸안의 한 말 소금기

죄다 우려내어

배추 절이고 무 절이고,

내어놓을 마음 더는 없을 때

따로 먹은 마음 이제 없을 때.

저기, 두 사람

내게 네가 없을
네게 내가 없을
박꽃처럼 창백할 세월의
깊은 우물물 미리 내려다보며
두레박 내리고 올릴 기운
세수하고 밥은 먹어야 할 기운
조금씩 미리 마련해두자고
네게 눈짓하면서
내게 다짐하면서
남은 햇살을 서로 끼얹어주면서
앞서거니 뒤서거니
알록알록 늦가을 무늬 바르면서
나무들 품에 들어왔다 나왔다 하면서.

시름시름

4월 말께나
겨우 비죽하는
광대싸리 순만큼 한
당신 마음,
시뻘게지도록
시뻐서

4월 초순부터
너불대는 손바닥
바위나리 잎사귀만큼 한
내 마음,
하얘지도록
민망해서

시름시름
나물 뜯다 말고,
4월 한철
시름시름.

뿌옇게, 또렷하게

벌써 다시 초겨울인 모양인데
어제 일도 전생인 듯 뿌옇게 뭉글거리는 통에
이생의 뭉뚝한 손바닥을 벽에다 문지르다
바닥에다 문지르다 마른가슴에다 거칠게 문지르네
울컥하게 받아치며 쏟아지는 것, 생각지도 않게
보들보들한 기억 무더기가 푸짐하네
찬찬히 목도리로 둘러보니 따스하게 몇 겹이네
손잡아주던 이들이 웬만큼은 있었다는 것이네
말할 것도 없이 또렷한 당신이 제일 고맙네
벌써 다시 초겨울인 모양인데
모진 눈보라 속으로 내몰았던, 알게 모르게
내몰았던 이들이 뿌옇게 번져오네
말할 것도 없이 당신은 또 또렷해지네
내생으로 늦은 눈물 굽이쳐 흘러가기 전
당신에게 조복(調伏)해야 할 도리, 빳빳하게 두르고
모진 겨울 터널, 두려움 버리고 뚫어가겠네.

선물

동지섣달 눈 덮인 뒷동산
헐거운 나무들 새로 번져오는

말간 저녁 햇살 한 겹 두르고

이제 곧 먼길 가야 한다면서
우리 인연 다 닳았다 하면서

가느다란 눈웃음 한번,
당신의 마지막 아련한 선물이
내 두 눈 뜨겁게 훑었으니

예서 배추 뽑고 무 뽑으며
저 먼 곳 우러르며 산다
엷은 당신 기운에 눈 비비면서.

오시려는지,

몽글한 아지랑이 다 풀리는

4월이 한참 지나도록

깜깜하던 대추나무에도

겨우 들썩하던 밤나무에도

한가위 둥그러지는 날엔

어느덧, 토실토실

여태껏 어룽대지 않는

설산(雪山) 너머 차가운 사람도

대추알로 오려는지

밤톨로 오려는지

토실토실, 몰록 오시려는지.

처량(凄凉)

웃으며 다가서시는 분에겐
웃으며 다가서면서

싸늘하게 돌아서시는 분에겐
조금 망설이다 물러나면서

자근자근
삼키기에 좋을 만큼
여기저기 다독거리면서

하루하루 끊이지 않아
숨쉬고 살아가는 것인데

한련화 무리 불꽃처럼 솟구쳐
뻗어가는 쪽 끝까지 따라가
한 형상에게 푹 안기려는 수작

모진 장대비 수십 년 맞고도
여전히 연한 연두, 처량이네.

여간 고맙지 않아

어제의 괴로움 짓눌러주는
오늘의 괴로움이 고마워
채 물 마르지 않은 수저를
또 들어올린다

밥 많이 먹으며
오늘의 괴로움도 대충
짓눌러버릴 수 있으니
배고픔이 여간 고맙지 않아

내일의 괴로움이
못다 쓸려 내려간
오늘치 져다 나를 것이니
내일이 어서 왔으면,

일찍 잠자리에 든다
자고 일어나는 일이
여간 고맙지 않아

봄 여름 가을 없이
둘레둘레 피어주는 꽃도
여간 고맙지 않았으나.

메마름에 이르러서

여기서 내다보자니
문득, 정결하다
저 메마름들

물기를 덜어낸 가지에
빤질한 빛이 수북이 쌓이고

듬성듬성 몇 알 사과들
말갛고 보송보송하다

메마름에 이르러
비로소 안착하는 건정(乾淨)

미끈거려 벗고 싶던
질척한 몸과 마음이

여기서 내다보자니
어느덧, 정결하다
메마름에 이르러서.

안정(安定)

여기쯤서 보는데
모감주나무 꽃이
소담소담 연둣빛

가까이 가서 보는데
모감주나무 꽃은
쨍그렁쨍그렁 황금빛

초록 이파리 꽃빛을 감싸는
여기쯤서 안정하고
네 눈빛을 모셔와야지

불끈 쥐고 다니던
뜨거운 주먹 풀어 식히고
연둣빛, 섞음 빛 받들고.

성큼성큼

꽃다발 받은 줄 알고
성큼성큼, 주책없던 앞지름

쇠구슬로 날아오더니
발등에 떨어진다

부은 발등이 소복하다
몰랐던 건 아니다

부기를 빼내려면
지금부터 다시 성큼성큼,

부드럽게 들러붙는
휴식의 꿈을 떼어낸다

갔던 길까지 갔다가
쓱쓱 지우며 돌아오려면

여간 멀지 않다
어서 성큼성큼.

그렇게 힘없이

붓 만들어 먹을 묻히고서
어슬렁어슬렁 들판에 나가더니
붓꽃이다, 소리지름이여

옥비녀 깎아 머리에 꽂고서
가만가만 앞뜰에 나가더니
옥잠화다, 중얼거림이여

한참 이후의 것이
이전의 것, 이전으로 옮겨앉아
보내는 회심의 미소에

이전의 것들은 영문 모르는 채
힘없이 답례하곤 하였다

그렇게 힘없이
세상이 바뀌곤 하였다.

한끝

울긋불긋 장엄 동산에
몹시 이끌린 걸음 끌어
바싹 다가서며 들뜬 채로
팔을 뻗었는데

푸릇푸릇 고개 저으며
딴청으로 물리시는
한여름 서늘한 냉담
몹시 오싹하여서

내가 먼저 단풍 들어
누릇누릇해지리라
앙당그러지는 뒷걸음질
마냥 누추하였는데

어느새 능선 따라 끼친
희끗희끗한 올연(兀然)으로
한끝이 넘쳤구나
곧게 짚어주시는데

입 벙긋도 못한 채로
억색한 마음은
한끝이 모자랐다는 마음만

꾸역꾸역 서럽게 먹고 먹어서.

오너라, 슬픔

입추 지나고

광복절 지나고

추적이던 빗물 끝

아릿하게 번져오는,

생량머리가 묻혀온

슬픔이 오시겠다는 전갈

못 받은 척 쭈그려 앉아

말쑥하게 새로 올라온

쑥 한줌 실하게 뜯어

뜯던 자리에 도로 뿌린다

오너라 슬픔,

쑥 이파리 태워 매운 눈 비비며

껵껵 같이 죄다 울어버리자.

동안에

네 얼굴의 먹구름 흘러가기를
순하게 기다리는 동안에

네 얼굴이 말갛게 드러나기를
천천히 기다리는 동안에

많은 것이 지나갔을 것이다
때를 놓친 것은 아니다

지나갈 것들 지나갔을 뿐이다
잡아뒀으면 까마중 열매라도 됐을까

네 참얼굴을 기다리는 동안엔
아무것도 지나가지 않았다.

오래오래 연(蓮)

이쪽 나뭇가지마다
하얀 목련이 지면

저쪽 나뭇가지마다
자주 목련이 피고

연못에 작은 수련이
수런수런 떠오르면

큰 연꽃은 좀더 기다렸다
벙글벙글 부풀어오르고

더운 길섶으로 뻗은 뜨거운 연
한련화는 한여름내 굽이치니

오래오래 연을 안아다가
네가 돌아선 내리막길
다 덮고 실컷 웃겠다.

장미는 피고, 지고

장미가 막 핍니다

어서 오세요

그만 장미가 졌습니다

막 조금 전에,

이젠 그만둬야 하건만

장미가 또 피어납니다

지금 한창입니다

이젠 정말 그만둬야 하건만,

하루가 길었다가 가파르다가

장미는 이제 없습니다.

어느 날

버린 사과 궤짝 주워다
찬장으로 쓰면서

거친 나뭇결에
수시로 피 맺힌 적 있다

눈발 날리는데 냉돌에 엎드려
밤새 눈꺼풀 열어둔 채로

창문 틈새로 떨어지는 눈가루
바닥에 산발하도록 놔둔 채로

비창(悲愴)을 귀에 꽂고
뒤척이는 판단 눌러 죽인 적 있다

더이상의 으름장은 누추하여
블라인드를 곧장 올려놓고

허공에 맞서서 파랗게 억울한 날
가만히…… 억울하지도 않은 날.

또 한 능력이 찾아와

마주앉아 있음으로 빛을 만들었던
마주앉아 파들거리던 찻집에 들렀다

마주앉아야겠다는 그 무조건이
음, 사라진 모양인데 아쉽지가 않다니

지금 볼 수 있을까, 저음의 캄캄한 밀도
투명으로 꽉 조였던 몇 캐럿의 눈부심이
제자리를 찾아 잠깐 반짝거렸던 것

추억을 벌세우며 매질한 적도 있었으나
몰아세우며 벌겋게 심문하기도 했었으나

혼자 누리게 된 찻집이 이제 안온한 것

유리창이 씻어 보내는 맑은 인파를 향해
커피잔 들어올리는 시늉 슬며시 해준다

저 무심한 눈길들 감당하는 능력이 이제 되는 것

한 능력이 떠난 뒤 또 한 능력이 찾아와
마구 간지럼 태우는 바람에 슬며시 웃는다.

마침, 바람이

한 김이 얼추 빠져나간 뒤에도
한 생각의 열은 내리지 않아
한참을 더 부걱거리다가
불어주는 바람에 겨우 섞인다
마침 바람 불어주니 참 좋다
이 바람 오시지 않았다면
한 생각 졸아붙다 끊어졌겠다
순하게 풀려나는 응어리 고마워
감싸며 풀어주는 바람 고마워
벼르던 무릎맞춤 쓱싹 지우고
내리는 어둠을 무릎에 얹으니
어둠이 이리 차분한 줄 알겠다
이만해진 평심(平心), 뉘에게 부칠까
마음이 잔칫날을 받고 있는데
시야의 나뭇가지들 뻗어오르며
뜨거운 몇 이름 엮어 보인다
어둠이 이리 실팍한 줄 알겠다.

넉넉한 울음

얼굴은 얼굴 만나면서
어둡기만 했는가

엉겅퀴, 따가운 굴욕에
몹시 긁히더니
해질녘까지 벌겋게
부어오르던 두 눈두덩이

얼굴은 얼굴 만나면서
환해지기도 했는가

수선화 물결, 비단결에
마구 간질이더니
햇살 다 지나가고서도
나부끼던 두 줄 눈썹

울었다가 웃었다가
얼었다가 녹았다가

꾸역꾸역
눌러 담은 얼굴들을
무겁게 등짐 지고서도
얼굴은 또 얼굴을 기다린다

엉겅퀴든 수선화든
얼굴은 다시 얼굴을 바란다

가뭇없이 해 넘어가고서도
빗장을 지르지 못하고
맨 나중 얼굴 오래 기다리기로
넉넉하게 울고 있는 거다.

아니었지만,

특별한 이유 없이 서로에게 좋은 마음결 두고
사심 없는 눈길 나누면서 마주치던 사이였다
어느 날 차나 한잔 나누자면서 걸어가던 때
그에게 머리를 푹 묻고 싶었던 적이 있었다
그날따라 외로움이 과하게 부푼 탓이었다
그러나 빠르게 허공 쪽으로 고개를 틀었다
그 순간의 절제를 오래 쓰다듬어주곤 했었다
그냥 그만한 정도의 일이 있었을 뿐이었다
안 보아도 괜찮고 보면 많이 반갑고 그랬다
오랜 일터에서 돌아온 후 연락이 점차 끊겼는데
그가 육신을 벗고 허공에 들었다는 소식을 들었다
그에 대한 예의처럼 진한 눈물 두 줄이 내렸다
아무 사이도 아니었지만, 아무 사이도 아니어서
맑은 눈물 두 줄이 천천히 내렸다.

특정한 사람
—세실리아에게

나를 저만치 밀쳐놓고 곰곰 따져봤는데 아무래도
나는 특정한 목소리에 위로받으며 사는 그런 종류인 거야
창백한 햇살 타래 목을 둘둘 감아오는 늦은 오후와 겨루며
네 목소리 뒤에서 울음을 감추며 힘을 모으는 이상한 버릇
어느 전생에서부터 쉬지 않고 쏟아져내리는 습기(習氣)
일까
내 얼굴은 흠뻑 젖어 질척거리고 있지만 초록의 닻,
네 목소리 흔들릴까봐 아닌 척 그치지 않는 눈물비 맞는데
충분히 알고 있으면서도 너는 충분히 모르는 척하는 거지
너의 남쪽에서 다급한 듯 애타는 듯 서두르며 와주는 훈기
차츰 안정감을 얻어가면서 빗물을 털어내면서 그쳐가는
나는 특정한 사람의 마음 덜어다 먹고 사는 그런 종류인
거야.

나도 그랬어요
—율리아나에게

주저주저하다가

차오른 울음 한 사발

그쪽으로 쏟뜨리고 말았는데

먼저 많이 아팠던 사람

주저 않고 달려오셔서는

흐르는 눈물 막히지 않게

눈물길 조신하게 터주시고

딱딱한 등 길게 쓸어주시며

그래요, 나도 그랬어요

걸어주시며 발맞춰주시며

어느 사이에 울음 사발

소리 없이 숨겨주시며

더 걸어요, 다시 발맞춰주시며.

3부

흰 추억

칠월 칠석 아침 흐릿하게 터지면

우리 형제들 머리맡엔 지난밤

아무도 모르게 비손하신 어머니의

흰 냉수 사발, 흰 밀가루 부침개

세수도 잊고 기름 냄새에 달려들던

우리는 미처 잠도 다 깨지 않았다가

한 모금씩 등 두드리며 정화수 먹이시는

어머니 빳빳한 흰 적삼 소매 스침에

정신 차리고 펌프가로 몰려들 가서

여름 농익어 담뿍 밴 땀을 오래들 씻었다.

무 뽑던 날

그해 늦가을
아버지는 멀리 출타하시고
갑자기 날씨가 냉랭해졌다
어머니와 함께 밭고랑에 들어
한창 몸피 오른 무를 거두었다
허리 구부리고 허리 펴고
목마르면 손톱으로 껍질 벗겨
단내 나는 무를 서로 먹여주었다
어머니는 무 이파리처럼 싱싱하셨고
나는 장다리 이파리처럼 하늘거렸다
그날 밤 아린 손톱 서로 빨아주며
서리 내리는 밤이 오히려 아늑하여
남폿불 심지를 자주 올려주었다.

싫지 않은 서러움, 묵맛

개나리 깔깔거리며 올라올 때쯤 해서는
아들딸 치우는 집들도 덩달아서 피어났다
음식 솜씨 좋은 어머니는 이 집 저 집 불려가
바쁘게 종종걸음 치며 노곤한 봄과 씨름하셨다
좀처럼 돌아오시지 않는 어머니 기다리지 못하고
동생들 손잡은 채 울렁거리는 잔칫집 기웃대면
행주치마 속으로 묵 한 대접 그득하게 날라다가
모퉁이에 우리들 앉히고 얼른 먹게 하시던 어머니,
행주치마 펄럭이며 다시 부엌으로 종종걸음 가는
서운한 어머니와 어린 동생들 투정 섞이는 탓에
참기름 냄새 고소하게 번지는 부들부들한 맛도
왠지 서러워 울먹울먹하면서 배를 채웠는데
급하게 집으로 오면서도 우리들은 체하지 않았다
헛헛한 날이면 차오르는 서러움의 기억 모셔오려고
묵 한 사발 비벼 밥 대신 부들부들하게 먹는다.

오이깍두기에 관한,

갑자기 오이 냄새가 쏴 하다
오이깍두기가 알맞게 익었을 때
쓰러져가는 초가집 그 아주머니
모셔오라는 심부름이 귀찮았다
오이깍두기에 밥 한 사발 비볐으면,
밭고랑에서 품을 팔며 한숨 쉬던
아주머니 소원 거뜬히 들어올리시는
어머니 더운 상차림 넘겨다보면서
달궈진 마루 끝에 앉아 심술만 부풀렸던
밥 한끼에 아무런 뜻도 달 줄 몰랐던
굵은 땀방울 몹시 쩐득거리던 그 여름
쿡쿡 쑤셔온다, 오이 냄새가 쏴 하다
이제 와서야 쑤셔오는 것들 외에도 많다
한참 늦어서야 다닥다닥 영글어서
툭 떨어지는 당황스러운 뜻 송아리들에
두 손이 발갛다, 뒤통수가 홧홧하다.

오디, 입술

막둥이 가는 길은 길도 예쁘제, 그럼

할머니 한 분의 입술이 화면 가득 오물거린다

바다가 육지가 되기 전 아득한 무늬를 본 거다

오디와 입술이 너나들이로 오물오물하던,

길 가는 시린 목을 뜨뜻하게 길이 말아주던,

막둥이 가는 길은 길도 예쁘제, 그럼

서운하게 무늬가 가물가물 사라진 뒤

입술을 쪼그려서 오디를 만들어본다

옛날 옛날, 좋은 옛날이 조금 새어나오려나.

실한 말거리

"영감 오늘은 그만 짤랍니다"
베틀 앞에서 베 짜는 할머니
꽃피는 목소리로 저세상 임에게
말 걸어놓고도 한참을 더 앉아
무심무심 베틀을 밟으시더라

한참을 더 앉아 늘여놓은 한 뼘가량
촘촘한 그리움을 잘 덮어놓으시고
고운 할머니 한 분 자리에 드시면서
마냥 수줍어지는 무늬를 본 적 있다는
제법 실한 말거리를 가지게 되었네.

쇠비름을 빌려

깍뚝깍뚝 내 얘기로 깍두기 썰었다지요
이쪽저쪽에서 불어오는 무 냄새가 매캐해요
어디 썰 거리나 되겠어요
참비름도 아니고 개비름도 아니고 쇠비름인걸요
뭉툭한 이파리 듬성듬성 매단 것만도 과분해서
바닥에 착 내려앉아 기어가며 노곤하게 사는걸요

깍뚝깍뚝 실컷 썰어보세요
스러질 듯 소심한데 툭 건드려 모멸을 주시니
잔뿌리까지 따갑게 불이 들어와요
귓불이 빨개지고 심장이 버럭 지르네요
매캐한 수치감에 여기저기 한참 아리더니
노랗게 꽃들이 자분자분 일어나 덮어주네요
더 건드려주시든지요, 더러운 목청껏.

늦가을, 초록

곧장 쏟아지는 햇살 잘 구르는
목장 터 옆 밭고랑마다 웬,
초록이네 늦가을인데 초록이네
봄 냉이 꽃 씨앗 자분자분 떨어져
방석 던져놓은 듯 지천으로 번졌네
푸들한 냉이 방석 깔고 앉아
팔순 넘기신 어머니와 내기하듯
가을 냉이 뽑으며 햇살에 손 씻었네
늦가을 웬 초록을 타고 앉아
목화솜 같은 어머니 숨소리 포근하여
한나절 꿈결을 마냥 저어갔네
눈가장 뜨거워질 때마다
이 꿈결 펼쳐 눈 씻어야지 생각하며
몰래 눈물 감추고서 마냥 저어갔네.

사람 꽃을 안고서

나는 네 엄마의 이모가 되고
네게는 이모할머니가 된단다
믿을 수 없는 시간의 냇물 타고
꿈인 듯 흘러와 비단 너울 걸으며
할머니, 으아리 꽃이 터지듯이
할머니, 청미래 순이 오르듯이
덥석 안겨들며 꼼지락거릴 때
네 손가락에서 네 엄마의 손가락
네 엄마의 엄마 손가락까지 돋아나
층층나무 꽃 층층이 흔들어 온통 환하구나

살포시 흘러나온 저기 나라의 별빛으로
반질하게 자란 네 머리칼에 뺨 대어보면
네 엄마에서부터 증조할머니 숨소리까지
새근새근 숨어 있지, 내겐 아주 잘 들리지
무슨 꽃 무슨 꽃 중에 사람 꽃이더구나
별나라에서 고이 키워 보낸 사람 꽃아
덕분에 나도 한번 꽃으로 일렁이는구나.

환한 골목

봄 골목 환하게 내려오길래
타박타박 올라가 알아보았더니

담벼락에 담쟁이 몇 가닥 올리느라
키를 늘였다 줄였다 장단 맞추는
노부부의 합심이 켜진 것이었다

생의 온도를 맞춤하게 조절해온
평강의 기운이 절로 환해진 것이었다

이번 여름이나 늦어도 내년 여름엔
초록 담벼락 싱그럽게 쿨렁거리겠다
지나는 사람들에게도 한줌씩 시원하겠다.

씁쓸한,

그해 들어서 백 세에 이르신
먼 친척 어른 찾아뵙고 돌아온

그러니까 그해 겨울
확실하게 잘한 일로 떠오르는
돌아오던 그 길의 오른쪽 풍경

보름달 빛 휘감아 입고 그윽하던
나목 몇 그루의 반듯한 윤곽
확실하게 건져올린 한 폭

확신에 찬 행동이라곤 없었던
검불 같은 날짜들이 쥐어짜낸
그러니까 그해 겨울

모기 울음만한 수확을 돌이키며
흡족했던 거, 여전히 씁쓸한 거다.

동안……

상스럽게 덤벼들까 하다가

흙과 물의 조심스러운 인연

나를 존중하고

뇌관을 건드릴까 하다가

추운 아침 온전하게 낳아주신

어머니를 존중하고

덕지덕지 먹구름 걷어내고

흰구름만 살살 골라 먹으며

쫙, 한꺼번에 쏟아버리고

금세 총총한 별빛 모셔오는

밤 소나기 되길 기다리는

동안……

보내놓고서

추위 한 짐 짊어지고 무겁게 떠난
네가 도착한 나라의 새벽이
따뜻한 곳 환한 때라는 걸 알고는 있지만

낯선 곳에서 낯선 시간 쫘— 할 때는
누구라도 울음 터질 듯 팽팽해지는 것인데

꽃 잘 피고 새 지저귐 찰랑한
겹겹 에워싸주는 웃음들 명랑한

솜이불 밟는 듯 포근한 고샅고샅
자글자글 하루가 맛있게 끓는 저녁

양지바른 터 마련하여 도로 불러들였으면
가고 있는 먼길 이리 오고 있는 길이었으면

새벽잠 놓치고 멍청하게 시선을 늘이면서
툭 떨어지는 하루를 엄두 내지 못하면서.

50년 전

50년 전
달걀 한 꾸러미 가슴에 묻고
담임 선생님 댁으로 뛰어가며
쿨렁거리던 계집애
제발 돌부리에 걸려 넘어져
서럽게 우는 일 없었으면

50년 전
도서관에서 빌린
동화책 옆구리에 끼고
하얀 입김 뿜으며 걷던 계집애
어느 결엔가 빌린 책 잃어버리고
동동거리다 주저앉지 말았으면

50년 전
제 갈 길로 막 접어들기 시작한
그 계집애 놓이는 어스름 저녁마다
젖은 달무리 말고 마른 별빛 또글거렸으면.

앞장

잠시라도 깃들다 떠나려고
가슬가슬한 잔디밭으로
가랑잎들이 내려앉는다

오순도순 겨울 걱정 나누는
참새 가족들 모습이다

마음 보태주려고 다가서는데
문득 목덜미 잡아끄는 싸늘한 노을

정렬하여 남쪽으로 숨 몰아가는
새떼들의 높이가 으스스 춥다

앞장선 우두머리 새는 너무 힘이 들어
정수리가 벗겨진다고 한다

가랑잎 한 장 먼저 일어나
식구들 재촉하며 잔디밭을 뜬다

앞장선 가랑잎 한 장을 오래
눈여겨 간직하는 가을 저녁.

언니, 언니

꽃길 망가지기 전에 꽃길 마중해보고 싶어
환갑 동생 불러내 호들갑스레 나서본 것인데
듣는 꽃 비늘 바르며 아장아장 걸음마 떼는
세 살 적 재롱이다가, 통통한 열 살 적 귀여움이더니
엷은 햇살로 퍼져오는 함초롬한 예순 동생이네
꽃길로 정렬하는 세월에 정신 팔다가 멈칫하네
남루를 입지 않으려 나는 남모르게 뒤척였는데
너는 깨끗이 빨아서 단정하게 매무시하였구나
그렇구나 물러서며 비로소 이모저모 뵈는 동생아
내 앞으로 네가 성큼 다 오기 전 바꾸어야겠기에
서둘러서 몸과 마음 말랑하게 풀어놓아야겠기에
대책 없이 쟁여둔 수북한 판단들 흔들어 떨어내어
자근자근 뒷걸음으로 밟아 없애려 허둥대는데
아무것도 들추지 않고 너는 양손 내어주는구나
말 될 말 아예 접고 웃음기만 모아 가라앉히더니
꽃 천장 치켜다보면서도 호들갑이 전혀 없구나
꽃길 망가질까 언니, 언니 가만히 날 불러주면서.

꼭 말을 해야 알아듣겠느냐

단정한 용모 단정한 필체에
이웃에 유순하셨던 아버지를 두고
정작 우리들에겐 자애롭지 않다고
동생들 부추기며 많이도 투덜거렸다
멋대로 '아버지'라는 이념만 부풀리며
볼 부은 얼굴로 울근불근하기 일쑤였다
너희 아버진 법 없이도 살 어른이지,
오가며 이웃들이 던지는 말을 두고
무슨 뜻인지 망설이다 물으면 아버지는
말하면 네가 알겠느냐면서 묵묵부답이셨다
조금씩 아버지를 향해 고개 끄덕일 때쯤
고요한 웃음꽃 피워 꽂아드리려 할 때쯤
아무 말씀 않고 세상 밖으로 나가신 아버지,
말하면 네가 알겠느냐면서 그냥 가신 걸까
꼭 말을 해야 알아듣겠느냐……
조용하고 절제된 음성을 이제야 듣는다
답답하셨을 옭매듭 풀어드리는 시늉으로
간간이 가슴 쓸어내리며 깊은 한숨 쉰다.

산책의 기분

더도 덜도 아닌
알맞아도 진정 알맞은
주홍 햇살을 목걸이 하고
가볍게 날아가는 이 산책의
국화차 한잔 맛을 누리려고
그동안 손가락질한 만큼
손가락질당한 거라는 편안한
균형 감각을 되찾으려고
한없이 어지를 대로 어지른
마루와 부엌을 닦고 쓸고
마음도 쓸어내면서 기어코
꺼이꺼이 울부짖은 것이지
유영하며 분비물과 배설물을
즉시즉시 말끔하게 씻어버리는
물고기 한 마리의 매끈한 기분,
바람이 몸 구석구석을 살펴주는 쾌감
본바탕은 좋은 사람들이야, 본바탕은
그만하면 다들 괜찮았어, 괜찮았어.

깨끗한 수건을 모으다

마음 푸근한 사람들과 마주앉아
조근조근 주고받던 틈서리에 피었던
말 꽃의 내음 순한 향내를

잃을세라 집으로 돌아와서
깨끗한 수건에 잘 끼워두었습니다
서랍 첫 칸에 잘 접어두었습니다

귀하게 모아둔 수건 몇 장 있으니
비참의 기분 툭툭 털기도 좋고
벌떡이는 심장 누르기도 좋습니다

앞으로 몇 장은 더 모아야겠다 싶어
사람 만나러 가는 저의 매무시
이렇게 저렇게 살펴보곤 합니다.

그리운 것이 뭐냐고

아침에 우는 새는
배가 고파 울고요
저녁에 우는 새는
님이 그리워 운다네

밭일하며 흥얼거리는
아주머니들 곁에서
님 그리운 것이 뭐냐고
졸라댔었는데

그리운 것
둘둘 말아간 먼산
산벚꽃 붉긋붉긋 덮고
저 혼자 호사하길래
부러운 듯 쳐다보긴 하는데

그리운 것이 뭐냐고
졸라대진 않는다

저녁 이젠 없으니.

당김

다시 너는 청주로 내려가고 있다
네가 자리잡았을 고속버스 의자의 위치가 뵈고
안전벨트 잠그는 소리가 툭, 귓전에 떨어진다
서울을 한참 벗어나 가물가물 졸음에 겨워하는
너의 눈언저리 따라 나도 가물가물 끄덕대는 중
옆에 있을 때나 청주에 있을 때나 네 작은 양손
나를 잡아당기며 힘내라, 힘내라 힘줄이 불거진다
핏줄이 당긴다는 것은 훌쩍이며 연민이 온다는 것
너는 내가 측은하고 나는 또 네가 측은하기만 해서
간지러운 말들만 골라 간지럼 많이도 태웠던 거야
핏줄이 당긴다는 것은 무조건 막아주고픈 간절(懇切)
이제 집으로 들어갔느냐, 집안부터 잘 살펴보고
몸 편안히 다독인 뒤에 무사 귀가 알려다오.

측은하고, 반갑고

딸 많은 우리 어머니
이 딸에겐 저 딸 얘기
저 딸에겐 이 딸 얘기
점잖으신 우리 어머니도 그러시던걸
이 사람에게 저 사람 흘리고
저 사람에게 이 사람 흘리고
사람이 모질어서 그런 것 아니라네
말이라는 게 원래 정처가 없다네
오래전 고향을 잃었다는 낭패감에
외롭고 허전해서 불쑥불쑥 앞질러
여기 기웃 저기 기웃 하는 것이네
모르는 새 앞지른 말 놓쳐버리고
울상 지으며 안절부절 못하는 이여
괜찮네 본심이 아니라는 거 알고 있네
우리의 말, 늦가을에 다시 피어나는
봄꽃처럼 얇아서 늘 조마조마하던걸
본심은 그게 아니었다는 안타까운 주름
그걸로 충분하네 이해가 오고 있네
측은하고 반갑고 또 많이 고맙네.

나는,

단풍보담
꽃이야

봄날엔
달떠서 그랬다가

꽃보담
단풍이지

가을엔
아릿해서 그랬다가

그때마다 물렁하게
밀반죽 같은 나는,

물리쳤다가
받아들였다가

가까스로 유지되는
빈약한 말쟁이로서

가까스로 유지되는.

운명애(amor fati)의 향연, 마음의 연금술

이찬(문학평론가)

1. 소극적 수용력과 운명애

한영옥의 시집 『슬픔이 오시겠다는 전갈』은 제 마음결의 현란한 엇갈림을 투명하게 가라앉혀 "몸가짐 꼿꼿이 하며 마음 다하리라"(「극진」)로 표상되는 충실성의 윤리학을 단련해온 자의 힘겨운 몸짓들로 빼곡하다. 이는 지난 시집들에서도 간간이 나타났던 바이긴 하지만, 이번 시집에서는 가장 도드라진 이미지들의 향연장이자 예술적 영감의 발화점을 이룬다. 어쩌면 "조목조목 명실상부하진 못하였으나/웃는 얼굴에 침 뱉지 않았으며/남의 동냥자루 빼앗지 않았다는 기억들"(「흔적, 분홍」)로 에둘러진 시인에게 견인주의자(堅忍主義者)만이 품을 수 있을 내면적 시간의 깊이와 성찰의 곡진함이 스며나게 되는 것은 어쩔 수 없는 일처럼 보인다. 또한 저 견인주의자가 품을 수밖에 없을 소극적 수용력(negative capability)이란 제 몸에 진득하게 들러붙은 것이라고밖엔 달리 말할 도리가 없는, 어떤 운명 같은 자리에서 온다.

벌써 다시 초겨울인 모양인데
어제 일도 전생인 듯 뿌옇게 뭉글거리는 통에
이생의 뭉뚝한 손바닥을 벽에다 문지르다
바닥에다 문지르다 마른가슴에다 거칠게 문지르네
울컥하게 받아치며 쏟아지는 것, 생각지도 않게

보들보들한 기억 무더기가 푸짐하네
찬찬히 목도리로 둘러보니 따스하게 몇 겹이네
손잡아주던 이들이 웬만큼은 있었다는 것이네
말할 것도 없이 또렷한 당신이 제일 고맙네
벌써 다시 초겨울인 모양인데
모진 눈보라 속으로 내몰았던, 알게 모르게
내몰았던 이들이 뿌옇게 번져오네
말할 것도 없이 당신은 또 또렷해지네
내생으로 늦은 눈물 굽이쳐 흘러가기 전
당신에게 조복(調伏)해야 할 도리, 빳빳하게 두르고
모진 겨울 터널, 두려움 버리고 뚫어가겠네.
　　　　　　　　　—「뿌옇게, 또렷하게」 전문

　"어제 일"을 "전생인 듯 뿌옇게 뭉글거리는 통에"라고 읊
조리는 자에게 "내생으로 늦은 눈물 굽이쳐 흘러가기 전"
이란 실존론적 분석과 더불어 시간에 관한 성찰적 언어들
이 솟아나게 되는 것은 지극히 당연한 일이리라. 그가 참으
로 간구하는 것은 현재적 시간에 마냥 붙들려 있는 안락과
편리와 탐욕이 아니라, "전생"과 "이생"과 "내생"이 서로를
비추면서 틔워올리는 '전체로서의 세계', 그 시간의 마디마
디들이 얽어놓는 무수한 사건의 궁극적 의미 연관이자 제 정
신의 존엄을 잃지 않으려는 실존적 결단이기 때문이다. "울
컥하게 받아치며 쏟아지는 것, 생각지도 않게/보들보들한

기억 무더기가 푸짐하네"라는 편린이 명징하게 증언하듯, 이는 제 삶에서 겪어낸 여러 풍파와 환란과 고통을 바닥까지 되짚어보려는 시인의 타고난 체질로부터 온다.

그러나 시인은 제 마음결을 "거칠게 문지르"는 원한(res-sentiment)의 시간에 붙들리지 않는다. 도리어 "손잡아주던 이들이 웬만큼은 있었다는 것이네/말할 것도 없이 또렷한 당신이 제일 고맙네"가 넌지시 일러주는 것처럼, 제 삶의 모순과 상처와 고통을 기꺼이 받아들이고 사랑할 수 있는 운명애를 되찾아오려 한다. 아니, 그것을 제 삶의 끄트머리에서 맹렬하게 욕망하는 그 힘겨운 싸움을 매번 다시 반복하고자 한다. 그리하여, 마지막 대목에 아로새겨진 "당신에게 조복(調伏)해야 할 도리, 빳빳하게 두르고/모진 겨울 터널, 두려움 버리고 뚫어가겠네"는 손쉬운 자기 위무로서의 순응주의를 뜻하지 않는다. 오히려 "내생으로 늦은 눈물 굽이쳐 흘러가기 전"이라는 죽음의 선구적 결단을 통해, 이후로 남겨진 생을 더더욱 "빳빳하게" 살아가겠다는 전투적 의지를 대낮처럼 환하게 공포하고 있는 셈이다. 따라서 이 시편에서 여러 번 등장하는 "당신"이란 어떤 개인적 인격체를 뜻하지 않는다. 도리어 시인의 타고난 체질과 심성과 정신의 벡터, 곧 운명이란 이름으로 점지된 실존의 어떤 필연성을 가리킨다.

2. 초월의 욕망과 열반 원칙의 아이러니

그간 어떤 방식을 빌려서든
치명(致命)을 지시하고서야 고통은
잦아들어가곤 하였을 것이다
계속 끌려가고 있는 재채기가
어디까지 갈 것인가 두려워
숨 놓아야지 고개 꺾으려 할 때
겨우 잦아지다 사라지는 재채기
이와 같은 절차의 도식들 기억한다
한 도식이 그친 뒤의 저녁, 어둡다
죽을 맛들이라면 아직 푸짐하다며
치명의 길에 눕는 밤, 캄캄하다.

— 「매운 밥 한 알이」 부분

언질도 없이 표정을 바꿔버린 거리를
두리번거리며 당황하며 너는 걷는 중이다
빛나는 사람들 빛으로 지나가다가
어두운 사람들 어둠으로 지나가다가
빛나던 사람이 어두워지며 가기도 하니
어둡던 사람이 빛나며 가기도 하니
아무 판단도 내두르지 않고 양손에 힘주면서
단지 네가 있을 뿐임을 공손히 받들었으면 한다

먼 곳에서 옮겨다 심은 느티나무를 쳐다보며
잘살고 있구나, 용하게 살아내고 있구나
입속으로 뜨거운 격려를 둘둘 말아넣으며
헤프게 울지도 말고 웃지도 말았으면 한다
참하게 또 장하게 너는 오롯이 있을 뿐임을
있다는 지금의 사실을 깨끗한 옷 한 벌로 입고
낯을 바꾼 거리에 대해 묵묵하기를 기대한다
손 모으며 기대하면서 네게 의지하고 있으니.
                                    —「네게 바란다」 전문

「매운 밥 한 알이」에 나타난 "치명(致命)을 지시하고서야
고통은/잦아들어가곤 하였을 것이다"는 시인 한영옥의 실
존적 태도와 윤리학적 비전을 집약하고 있는 하나의 단자
(monad)이다. 또한 이 시편은 시인이 무수한 내면적 상처
와 갈등과 고통을 매우 섬세하고 준엄한 눈길로 응시하고
옮겨 적으려는 진실의 채록자일 뿐만 아니라, 타인들의 비
루하고 천박한 마음결의 얼룩마저도 껴안으려는 윤리학적
근본주의자라는 사실을 암시한다. 그렇다. "괜히 입 밖에
말 내어놓고 나서//운신(運身)이 어색해 우왕좌왕하던//비
릿한 되새김, 토하고 싶어라"(「단념(斷念)」)라고 말하는 자
에게 "으르렁거리는 상스러운 욕망들"을 "조목조목 잘 골
라 버리고서" "심사숙고가 그처럼 맑았다는 것인가"(「나를
따라 오르렴」) 같은 힐문 어린 고백과 자기성찰이 솟아나게

되는 것은 너무나도 자연스러운 일이리라.

이러한 삶의 태도를 제 몸뚱이에서 떼어낼 수 없는 자에게, 제 자신이 치러내는 내면적 "고통"이란 "절차의 도식들"로 표현된 그저 그런 형식적 제스처와 그럴싸한 겉치레를 통해서는 결코 "잦아들" 수 없었을 것이다. 오히려 제 스스로를 "죽을 맛들"로 내동댕이치는 "치명"의 상태로 들이밀고서야 겨우겨우 가라앉힐 수 있었을 것이 틀림없다. 그렇다. 시인에게 "엉큼한 관념의 너울"이란 "지긋지긋"할 수밖에 없는 것이며, "울퉁불퉁 치졸한 이 사심"은 "닦고, 닦아 맑은 호수 지으면/특정한 개인의 의식 아니라/보편적 인간의 박꽃 같은 의식/부스스 피어나 환하게 밝으리라는"(「사심(私心)들」)으로 표상되는 초월성의 욕망과 윤리학적 근본주의로 다시 태어날 수밖에 없었으리라.

「네게 바란다」는 한영옥이 품은 저 초월성의 욕망이 어떻게 변주되는지를 또렷하게 예증한다. 앞머리에 나타난 "언질도 없이 표정을 바꿔버린 거리를/두리번거리며 당황하며 너는 걷는 중이다"는 가깝게 지내던 지인들의 "사심들"로 인해 진퇴유곡(進退維谷)의 난경 상태에 빠져들었던 시인의 내적 상황을 표현한다. 따라서 2인칭 대명사 "너"는 특정한 타인을 의미하지 않는다. 도리어 시인의 또다른 분신, 곧 속악하고 비루한 현실의 경험 세계를 넘어서 그가 일관되게 추구하고 견지하려는 자아 이상(Ego ideal)이자, 그 초월성의 세계로 나아가려는 윤리학적 주체를 가리킨다. 나아

103

가 "아무 판단도 내두르지 않고 양손에 힘주면서/단지 네가 있을 뿐임을 공손히 받아들였으면 한다"라는 구절이나, "참하게 또 장하게 너는 오롯이 있을 뿐임을/있다는 지금의 사실을 깨끗한 옷 한 벌로 입고/낯을 바꾼 거리에 대해 묵묵하기를 기대한다" 같은 명령어의 문장들은 제 자신을 윤리학적 존엄성의 자리로 이끌어 올리려는 실존적 결단의 언어들이자, 사소한 이권이나 계략들에 휘말리지 않겠다는 자기 선언인 셈이다.

특히 「네게 바란다」의 한복판에 들어박힌 "먼 곳에서 옮겨다 심은 느티나무를 쳐다보며/잘살고 있구나, 용하게 살아내고 있구나/입속으로 뜨거운 격려를 둘둘 말아넣으며/헤프게 울지도 말고 웃지도 말았으면 한다"라는 이미지는 시인의 가슴 밑바닥에 종교적 사제에 육박하는 열반 원칙(nirvana principle)의 벡터가 가로지르고 있음을 암시한다. 또한 한영옥의 윤리학적 사유가 초월성의 욕망과 비전으로 나아갈 수밖에 없는 그 필연성의 행로를 예시한다. 그는 범속한 일상인들이 매일같이 겪어내는 희로애락의 감정적 등락 상태를 벗어나, "있다는 지금의 사실을 깨끗한 옷 한 벌로 입고/낯을 바꾼 거리에 대해 묵묵하기를 기대한다"로 표상되는 평정심의 사원(寺院)에 거주하려 하기 때문이다.

프로이트는 열반 원칙을 '자극 때문에 생긴 내적 긴장을 줄이거나 일정한 상태로 유지하는 것, 혹은 그것을 제거하

104

려는 경향'(지그문트 프로이트, 「쾌락원칙을 넘어서」, 『쾌락원칙을 넘어서』, 박찬부 옮김, 열린책들, 1997)이라고 정의한 바 있다. 또한 라플랑슈와 퐁탈리스는 열반 원칙을 '바바라 로가 제창하고 프로이트가 받아들인 용어로 내외적인 기원의 모든 흥분량을 제로로 만들거나, 적어도 가능한 한 축소하려는 심리 장치의 경향'(장 라플랑슈, 『정신분석 사전』, 임진수 옮김, 열린책들, 2005)이라고 기술했다. 따라서 열반 원칙이란 '쾌락과 소멸 사이의 깊은 관계'로 이루어진 것, 곧 죽음충동(death drive)을 통해 오히려 지극한 쾌락의 상태에 이르는 매우 모순적이고 양가적인 정신의 벡터를 일컫는 것처럼 보인다. '이러한 경향(열반 원칙)은 쾌락원칙 속에서 발견된다. 우리가 이 사실을 인정하는 것, 그것이 죽음충동의 존재를 믿는 가장 강력한 이유 중의 하나이다.'(「쾌락원칙을 넘어서」)라고 프로이트가 이미 명제화한 것처럼, '열반 원칙'이란 결국 죽음충동과 쾌락원칙(pleasure principle)이 하나의 테두리로 겹쳐 촉발되는 것이기 때문이다.

구중궁궐 기율 퍼런 정원이었으니
몸가짐 바로 하며 극진하리라
몸가짐 꼿꼿이 하며 마음 다하리라
비바람 맞으며 묵묵했었던 것인데

비보다도 바람보다도 눈초리,

살갗 에이는 눈초리 따갑게 날리는
사방이 억색하여 목매도록 억색하여
뒤틀리기 시작했을 그 참하던 향나무

더는 뒤틀 수 없는 몸 탁, 놔버리며
옜다, 하는 순간이 비로소 극진이겠다

묵묵히 가려던 길 정신없이 흔들어대던
아무개들 앞에서 차려진 한 상
옜다, 푸짐한 극진이여.

—「극진」전문

「극진」에서도 시인이 품은 열반 원칙은 침묵의 언어처럼
소리 없이 스며난다. "비바람 맞으며 묵묵했었던 것인데"는
각박한 세상살이에서 생겨날 수밖에 없을 무수한 심리적 자
극들과 감정적 흥분량을 최소치로 눌러앉혀 "기울 퍼런 정
원"의 주재자, 곧 열반 원칙에 휘감긴 수도승처럼 살아가려
한다는 사실을 축약한다. 그러나 그는 저 열반 원칙이 결코
완성될 수 없을뿐더러, 그것에 영원히 도달할 수 없다는 참
담한 비애감을 아이러니의 문법으로 토로한다. 따라서 "사
방이 억색하여 목매도록 억색하여/뒤틀리기 시작했을 그 참
하던 향나무"란 그 마음결로 둘러싸인 시인의 내면적 고난
을 빗댄 메타포이며, "더는 뒤틀 수 없는 몸 탁, 놔버리며/

106

옛다, 하는 순간이 비로소 극진이겠다"는 현실 상황의 비루한 이전투구(泥田鬪狗)에 휘말려 들어가서는 제가 줄곧 견지해온 열반 원칙을 지탱할 수 없을 것이라는 직관적 예감을 아이러니의 문법으로 흩뿌려놓는다.

결국 "극진"이란 시인이 끝끝내 도달하고자 하는 "묵묵히 가려던 길"을 "정신없이 흔들어대던" "아무개들"에게 그 모든 이권을 "옛다" 하고 내어줄 수 있는 지극한 비움의 상태, 곧 열반 원칙의 구체적 실천을 뜻한다. 그리하여, 마무리 대목에서 솟아오른 "옛다, 푸짐한 극진이여"란 저 비움의 결단이야말로 제 스스로가 절차탁마(切磋琢磨)의 충실성으로 수행해온 열반 원칙이 최대치로 실현된 것이라는 깊고 깊은 아이러니를 뿜어낸다. 아니, 저 비움이야말로 정신의 지극한 풍요와 열락(ecstasy) 그 자체를 이루게 되는, 열반 원칙의 극단적인 모순 상태와 그 현란한 마음결의 움직임은 "옛다, 푸짐한 극진이여"라는 모순 형용을 통해서만 드러낼 수 있었을 것이 틀림없다.

3. 마조히즘의 윤리학과 마음의 연금술

시인이 품은 열반 원칙의 벡터는 시집 곳곳에서 제 진면목을 뿜어낼 뿐만 아니라, 그 마디마디에서 또다른 윤리학적 비전을 틔워올리는 사유의 씨앗을 흩뿌려놓는다. 가령

"오래 벼른 듯한 천둥벼락이 가혹한 회초리, 흰빛으로 때린다/그간의 비천한 이해력을 쏟아놓으며 정직하게 꿇어야만 했다/비가 개고 저녁이 맑아지고 네 얼굴에 애절한 옛날 돋더라/그래, 지금 이만한 사람이 없는 것이지, 더 바랄 게 없는 것이지/이만한 사람이 없다고 흐느낄 수 있으면 살뜰하게 이만한 일이/없는 것이지"(「천둥, 벼락」), "추억을 벌세우며 매질한 적도 있었으나/몰아세우며 벌겋게 심문하기도 했었으나//혼자 누리게 된 찻집이 이제 안온한 것//유리창 씻어 보내는 맑은 인파를 향해/커피잔 들어올리는 시늉 슬며시 해준다//저 무심한 눈길들 감당하는 능력이 이제 되는 것//한 능력이 떠난 뒤 또 한 능력이 찾아와/마구 간지럼 태우는 바람에 슬며시 웃는다"(「또 한 능력이 찾아와」), "조심하라는 말 인사치레로 많이 주고받곤 했었는데/그러다 그 말의 뼈와 제대로 마주친 적이 있었는데/얕은 재미로 한드랑거리다가 당신을 놓칠 뻔했던/천 길 벼랑의 시퍼런 깊이가 아뜩하게 들이닥쳤던/가슴 쓸어내리며 미련한 짐승, 하고 고개 못 들었던/당신의 뜨뜻한 양손 끌어다 아뜩함을 오래 문질렀던/맵싸한 겨울 능선, 저 많은 회초리들을 어째 못 보고"(「저 많은 회초리들」) 같은 구절들을 보라.

이들은 한영옥의 마음속 깊은 곳에 잠긴 열반 원칙이 마조히즘의 윤리학으로 변주될 수밖에 없는 까닭과 근거, 그 실존적 고투의 과정을 섬세하게 소묘한다. 언뜻 보아 열반 원칙은 세속적 삶의 형태에 필연적으로 부착되는 희로애락의 리듬감이나 쾌와 불쾌의 감정적 등락(登落) 상태로 인한 심리적 긴장감을 최소화하려는 마음의 움직임을 일컫는 것이라는 점에서, 제 자신에게 가하는 학대와 모멸을 통해 윤리적 우월감과 정신적 존엄성을 드높이려는 마조히즘으로 번져나갈 가능성은 희박해 보인다. 그러나 '마조히스트는 쾌감을 경험하기 전에 먼저 처벌의 고통을 겪어야 한다. 고통 그 자체는 쾌감의 원인이 아니라 쾌감을 얻기 위한 필수적인 전제 조건일 뿐이다'(질 들뢰즈, 『매저키즘』, 이강훈 옮김, 인간사랑, 1996)라는 부연 진술을 좀더 깊게 되짚어보면, 양자는 실상 매우 긴밀한 연관성의 고리로 접맥되어 있음을 알아챌 수 있다. 특히 들뢰즈가 마조히즘을 '사디즘의 보완적 변형'으로 규정하는 프로이트의 관점을 비판하면서, 주체가 겪어내는 고난과 처벌 이후에야 가능해지는 어떤 '쾌감'이자 그것의 '사후적 효과'를 강조했던 깊고 깊은 역설적 맥락을 꿰뚫어볼 수 있다면 말이다.

여기서 내다보자니
문득, 정결하다
저 메마름들

물기를 덜어낸 가지에
빤질한 빛이 수북이 쌓이고

듬성듬성 몇 알 사과들
말갛고 보송보송하다

메마름에 이르러
비로소 안착하는 건정(乾淨)

미끈거려 벗고 싶던
질척한 몸과 마음이

여기서 내다보자니
어느덧, 정결하다
메마름에 이르러서.

　　　　　　　　　　　—「메마름에 이르러서」 전문

　「메마름에 이르러서」를 이끌고 나아가는 예술적 사유의
중핵 역시, 시인이 제 자신을 혹독하게 담금질하는 윤리학
적 근본주의에서 온다. 이는 지금까지 우리가 말해온 한영
옥의 고유한 정신적 벡터와 그리 다른 것일 수 없다. 그러나
당신이 한 편의 시가 빚어내는 섬세한 미감들의 차이에 예
민하게 반응하는 자일 수 있다면, 한영옥의 윤리학적 근본
주의가 들뢰즈의 마조히즘으로 진화할 수밖에 없는 그 필연
성의 행로를 직감하게 될 것이 틀림없다. 그렇다. 시인이 토

로하는 "메마름"이란 비록 시인 제 자신의 삶에 가하는 학대와 모멸과 징벌은 아닐지언정, 그것에 가까운 어떤 부정적 행위의 결단을 통해 제 삶의 무수한 가능성들을 막아서고 오그라들게 했던 그 결과물들의 궤적을 뜻하기 때문이다. 또한 시인이 저토록 회한 어린 어조로 읊조리는 "미끈거려 벗고 싶던/질척한 몸과 마음"이란 보통 사람들과 매한가지로 보다 더 많은 것을 가지고 누리기 위해 어지러이 뒤척거렸던 욕망의 자취들을 은유하기 때문이다.

그리하여, "메마름에 이르러/비로소 안착하는 건정(乾淨)"이란 구절은 이 시편의 눈[眼]이자, 세속의 상식적인 이해관계와 통념적인 입신양명의 인식 구조 전체를 뒤흔들어놓는 역설적인 에너지를 발산한다. 아니, 저 뻔하디뻔한 상투적 인식 구조, 곧 스투디움(studium)의 한복판에 도사린 생의 허무와 무의미, 그 '공백으로서의 진리'를 도래시키는 풍크툼(punctum)의 화살로 휘날려온다. 결국 시인은 제 삶의 무수한 가능성을 차단하면서, 그것의 달콤한 결과물로 취할 수 있는 여러 이권과 복락을 모조리 덜어내려는 마조히즘적 실천의 궤적을 "메마름에 이르러서"라고 호명하고 있는 셈이다. 또한 이를 통해 제 정신의 비범함과 윤리학적 자기 정체성을 다시 확인코자 한다. 따라서 "메마름에 이르러/비로소 안착하는 건정(乾淨)"이란 들뢰즈의 마조히즘으로 진화한 시인의 윤리학적 근본주의를 단 한 마디로 집약하는 사유의 축도(縮圖)로 기능한다.

그렇다. 세상살이의 이런저런 욕망에 휘둘릴지라도 결단코 제 정신의 존엄성을 훼손할 수 없는 자, 그리하여 세속적 욕망이 불러일으키는 희로애락의 감정적 등고선 자체를 초탈하려는 열반 원칙으로 에둘러진 시인에게 들뢰즈가 정초한 마조히즘의 윤리학은 그 실존이 감당할 수밖에 없었을 어떤 운명의 표정 같은 것인지도 모른다. 우리 모두의 세속적 삶을 추동시키는 이권 투쟁이나 입신출세의 가도에서 저 열반 원칙이란 그야말로 패배만을 안겨다주는 부정적인 기제로 작용했을 것이 자명하기 때문이다. 그러나 또한 현실적 차원의 패배를 극복하기 위해서는 그것을 정신적 차원의 승리로 뒤바꿀 수 있는 기이한 정신적 드라마가 필수 불가결할 수밖에 없었으리라. 아니, 저 기이한 드라마를 단 한마디로 압축시킨 것, 그것이 바로 들뢰즈의 마조히즘일 것이다. 결국 현실적 차원에서 벌어지는 계략과 음모와 이전투구를 초탈하려는 시인의 타고난 체질은 "메마름"이라는 자기 축소를 "정결"이라는 정신적 엑스터시로 뒤바꿀 수 있는 마조히즘을 불러올 수밖에 없었다는 것이다.

　　울퉁불퉁 치졸한 이 사심도
　　닦고, 닦아 맑은 호수 지으면
　　특정한 개인의 의식이 아니라
　　보편적 인간의 박꽃 같은 의식
　　부스스 피어나 환하게 밝으리라는 말씀

마음 되게 시끄러운 날이면 뒤적이는
이 책 저 책께서 따끈하게 건네주셨으니
이 서러움이 꼭 서러움만은 아닌 줄
부스스 잘 깨달아 환해지도록 하겠습니다
으르렁거리는 그 사심들이 늘어섰던 거리
움츠리고 간신히 지날 적, 되짚어보면
잠깐씩 뜻 모를 두른거림도 있었어요
조금씩 두근거림들 차분히 모았다가
유난히 눈물 많은 고운 사람들 불러
울음보따리 풀며 큰 잔치판 벌이겠습니다.
                              —「사심(私心)들」 전문

「사심들」은 시인의 윤리학적 근본주의가 마조히즘의 격
렬한 내면적 드라마를 건너 또다른 마음의 연금술로 진화
하고 있음을 암시한다. 이는 맨 앞머리에 나타난 "울퉁불퉁
치졸한 이 사심도/닦고, 닦아 맑은 호수 지으면/특정한 개
인의 의식이 아니라/보편적 인간의 박꽃 같은 의식/부스스
피어나 환하게 밝으리라는 말씀"이란 구절에서 알아챌 수
있다. 시인이 도무지 견뎌낼 수 없는 것은 "울퉁불퉁 치졸
한 이 사심"이며, 제 스스로를 곧추세우려는 자리는 "이 사
심"을 "닦고, 닦아"야만 도달할 수 있을, "맑은 호수"에 빗
대어진 "보편적 인간의 박꽃 같은 의식"이기 때문이다. 따
라서 시인이 말하는 "특정한 개인의 의식"이란 이기심과 탐

욕과 자기 합리화를 벗어날 수 없는 "사심들"로 가득찬 존재를 일컫는다. 또한 "보편적 인간의 박꽃 같은 의식"이란 "으르렁거리는 그 사심들"인 분노와 적의와 원한들을 모조리 가라앉혀 "큰 잔치판 벌"일 수 있는 시인의 자아 이상을 가리킨다.

결국 「사심들」은 한영옥의 태생적인 체질로 짐작되는 초월적 삶의 욕망 또는 열반 원칙과 윤리학적 근본주의가 다소 비감 어린 결단력과 비극적 영웅주의로 귀결될 수밖에 없을 들뢰즈의 마조히즘을 넘어서, 또다른 방향으로 진화하고 있음을 암시한다. 곧 "이 서러움이 꼭 서러움만은 아닌 줄/부스스 잘 깨달아 환해지도록 하겠습니다" 같은 구절이 표상하듯, 마음의 연금술이 빚어내는 지독한 긍정의 세계, 이른바 '운명애'라고 일컬어지는 지독한 정신의 향연장을 정조준하게 되었다는 것이다. 이는 "마음 되게 시끄러운 날"을 "따끈하게 건네주셨으니"로, "이 서러움"을 "꼭 서러움만은 아닌 줄"로, "으르렁거리는 그 사심들이 늘어섰던 거리"를 "잠깐씩 뜻 모를 두른거림"으로, "울음보따리"를 "큰 잔치판"으로 뒤바꿀 수 있는 기묘한 역설의 이미지들에서 가장 선명하게 나타난다.

이렇듯 제 삶에서 부딪친 무수한 풍파와 환란의 체험들에서 도리어 지극한 자기 긍정을 이끌어내는 역설적인 장면들은 시집 곳곳에서 빈번하게 출현한다. 가령 "너 모르게 단잠을 주고 싶다는/너 모르게 힘이 되어주고 싶다는/

부산스러워지며 들뜨는 감성을/흰 눈밭 위에 성큼 쏟아놓지 않은 것, 다행이다/뚜벅뚜벅 더 걸어가보기로 한 것, 다행이다"(「다행이다, 정신」), "레비나스, 타인을 존중하라고, 이 말 저 말로/어깨 두드려준 그에 대하여 '극도의 조심성과/신중함, 그리고 겸허한 태도를 유지한 사람'/이라고 평전은 전해주고 있었다. 그렇지, 이런/사람이어야지, 한순간 마음먹어 든든해지는데/유지해야지, 유지해야지 애를 써대는 중인데"(「이깟 것들」), "사람 몸밖으로 빠져나온 것들의/아, 난감한 난처 앞에서 표정 없이/끄덕이며 숙연해지는 능력만 있어도"(「난처」), "이만해진 평심(平心), 뉘에게 부칠까/마음이 잔칫날을 받고 있는데/시야의 나뭇가지들 뻗어오르며/뜨거운 몇 이름 엮어 보인다/어둠이 이리 실팍한 줄 알겠다"(「마침, 바람이」), "귓불이 빨개지고 심장이 버럭 지르네요/매캐한 수치감에 여기저기 한참 아리더니/노랗게 꽃들이 자분자분 일어나 덮어주네요/더 건드려주시든지요, 더러운 목청껏"(「쇠비름을 빌려」) 같은 구절들을 보라.

이 구절들은 한결같이 시인이 세속적인 이해관계나 현실적인 이권 투쟁의 회로에서 벗어나기 위해 "애를 써대는 중"이라는, 곧 제 삶 전체를 좀더 나은 차원으로 드높이기 위한 정신적 수련을 거듭하고 있다는 사실을 명징하게 일러준다. 곧 시인이 제 자신의 마음의 연금술에 매진하고 있다는 사실을 명시한다. 이는 『슬픔이 오시겠다는 전갈』의 가장 도드라진 윤곽과 형세를 이룰 뿐만 아니라, 지독한 자기 긍정에 도달하는 '운명애'의 모티프는 이 시집의 미학적 정수와 사유의 첨단점을 이룬다. 어쩌면 윤리학적 근본주의자를 자처하는 한영옥에게 이미 일어나버린 일들을 '바로 그렇게 되기를 내가 원했다'로 풀어내는 '운명애'와 더불어 시간에 대한 근원적인 통찰이 나타나게 되는 것은 너무나 자연스러운 것인지도 모른다. 시인에겐 과거에 있었던 그 모든 생의 국면들과 매듭들을 그렇게 철저하게 긍정하지 않고서는 제 실존의 존엄과 정신의 높이를 유지할 수 없었을 것이 자명하기에. 아니, 이미 지나간 과거의 무수한 사건을 지금-여기서 살아 꿈틀거리는 현재적 활물성의 시간으로 전환시키지 않고서는 시인이 염원하는 "평심(平心)"이란 열반 원칙의 벡터는 결코 지속될 수 없을 것이기에.

4. 시간의 활물성과 우아미의 세계

기억력이 좋지 않다 사랑은
지긋지긋한 끈질김도 모른다

발목에 엉킨 수북한 칡넝쿨과 씨름하다
발목을 빼지 못하고 바싹 낫날을 댄다

지긋지긋 감겨드는 넝쿨 탓하다가
끈질김을 바라던 그 시절 불러내
한 품에 안기는 시늉하며 웅크린다

멋쩍어 얼른 칡넝쿨을 끊어내는데
툭툭 잘려나가는 소리 바싹 낯익다

익은 소리에 귀 대어보는데
귓바퀴 굴리는 멍한 설움만 질기다.

　　　　　　　　　　　　　　—「툭툭」 전문

　「툭툭」은 시인에게 '사랑'이라는 감정 역시 한 시절만을 풍
미하다가 그저 그렇게 사라져버리는 것이 아니라, 마치 "지
긋지긋 감겨드는 넝쿨"처럼 바로 지금의 이 현재적 순간을
휘감고 도는 것으로 소모된다. 이 시편의 맨 앞과 뒤에 배치
된 "기억력이 좋지 않다 사랑은/지긋지긋한 끈질김도 모른
다"와 "익은 소리에 귀 대어보는데/귓바퀴 굴리는 멍한 설
움만 질기다"는 대위법적 구조를 형성하면서, '사랑'을 순
간의 파문처럼 대했던 상대방과 앞으로도 영원한 현재처럼
지속될 것으로 느끼는 시인 제 자신을 극명하게 대조시킨
다. 이미 지나가버린 과거이기에, '사랑'을 나누었던 상대방
에게 "끈질김을 바라던 그 시절"이 소환될 수 없는 것은 당
연한 일일 것이나, 시인은 끊임없이 "그 시절을 불러내"다

시 "한 품에 안기는 시늉하며 웅크린다"는 행위를 반복하고
자 한다. 이는 결국 "굇바퀴 굴리는 멍한 설움만 질기다"라
는 맨 끄트머리의 문장으로 표상되는 '운명애', 곧 이미 일
어나버린 불행조차도 제 생에서 다시 욕망할 수 있는 시인
의 치명적인 '사랑'의 깊이와 더불어 지독한 자기 긍정의 정
신을 반증한다.
　이렇듯 이미 지나가버린 과거의 사건들을 현재적 시간
속에서 다시 되살려내는 시인의 충실한 사유는 그 시선이
제 가족들을 향할 때, 시공간적 거리와 격차를 뛰어넘어
우주적 조화와 완전 협화음의 감각을 소망하는 '우아미'
의 세계가 현현하는 것처럼 보인다. 가령 "아무도 모르게
비손하신 어머니의//흰 냉수 사발, 흰 밀가루 부침개//세
수도 잊고 기름 냄새에 달려들던//우리는 미처 잠도 다 깨
지 않았다가//한 모금씩 등 두드리며 정화수 먹이시는//어
머니 뺏뺏한 흰 적삼 소매 스침에"(「흰 추억」), "어머니는
무 이파리처럼 싱싱하셨고/나는 장다리 이파리처럼 하늘
거렸다/그날 밤 아린 손톱 서로 빨아주며/서리 내리는 밤
이 오히려 아늑하여/남폿불 심지를 자주 올려주었다"(「무
뽑던 날」), "꽃 잘 피고 새 지저귐 찰랑한/겹겹 에워싸주
는 웃음들 명랑한//솜이불 밟는 듯 포근한 고샅고샅/자글
자글 하루가 맛있게 끓는 저녁//양지바른 터 마련하여 도
로 불러들였으면/가고 있는 먼길 이리 오고 있는 길이었으
면"(「보내놓고서」), "세 살 적 재롱이다가, 통통한 열 살

적 귀여움이더니/엷은 햇살로 퍼져오는 함초롬한 예순 동생이네/꽃길로 정렬하는 세월에 정신 팔다가 멈칫하네/남루를 입지 않으려 나는 남모르게 뒤척였는데/너는 깨끗이 빨아서 단정하게 매무시하였구나"(「언니, 언니」) 같은 구절들에서 슬며시 배어나는 가족들에 대한 사랑과 조화의 감각들처럼.

한영옥의 이번 시집『슬픔이 오시겠다는 전갈』은 시인의 타고난 정신적 체질인 윤리학적 근본주의가 열반 원칙과 마조히즘과 마음의 연금술을 거쳐, 끝끝내는 조화와 균형과 완전 협화음을 미의식의 중핵으로 삼는 우아미에 도달했음을 명시적으로 보여준다. '우아미는 평화로운 상태라든가, 균형이라든가, 삶의 즐거움이라든가, 이와 같은 조화를 내용으로 하기 때문에 초월한 자연미가 되는 것이다. 이 자연미를 체득함으로써 시인은 현실의 죄고(罪苦)를 일단 벗어날 수 있는 법열(法悅)에 들 수 있다'(조지훈,『시의 원리』, 나남, 1996)는 말처럼, 한영옥이 빚어낸 우아미의 세계 또한 인간과 인간의 조화, 더 나아가 우주 삼라만상에 깃든 완전 협화음을 전제하는 자리에서 태어나기 때문이리라. 특히 시집 3부에 수록된 거의 모든 시편들은 우아미로 빼곡하게 에둘려져 있기에. 따라서 그것은 윤리학적 근본주의자이자 열반 원칙을 태생적으로 품고 있는 시인에겐 그야말로 필연적 귀결점일 수밖에 없었으리라. 그리하여, 아래의 문양들에서 스며나는 우아미의 우주를 알아챌

수 있다면, 당신은 이미 이 시집의 깊은 속살에 들어서고 있
는 중일 테다.

　　나는 네 엄마의 이모가 되고
　　네게는 이모할머니가 된단다
　　믿을 수 없는 시간의 냇물 타고
　　꿈인 듯 흘러와 비단 너울 걸으며
　　할머니, 으아리 꽃이 터지듯이
　　할머니, 청미래 순이 오르듯이
　　덥석 안겨들며 꼼지락거릴 때
　　네 손가락에서 네 엄마의 손가락
　　네 엄마의 엄마 손가락까지 돋아나
　　층층나무 꽃 층층이 흔들어 온통 환하구나

　　살포시 흘러나온 저기 나라의 별빛으로
　　반질하게 자란 네 머리칼에 뺨 대어보면
　　네 엄마에서부터 증조할머니 숨소리까지
　　새근새근 숨어 있지, 내겐 아주 잘 들리지
　　무슨 꽃 무슨 꽃 중에 사람 꽃이더구나
　　별나라에서 고이 키워 보낸 사람 꽃아
　　덕분에 나도 한번 꽃으로 일렁이는구나.

　　　　　　　　　—「사람 꽃을 안고서」 전문

한영옥 1973년『현대시학』을 통해 등단했다. 시집으로『적극적 마술의 노래』『처음을 위한 춤』『안개편지』『비천한 빠름이여』『아늑한 얼굴』『다시 하얗게』 등이 있다. 천상병시상, 최계락문학상, 한국시인협회상 등을 수상했다. 성신여대 국문과 교수를 거쳐 지금은 명예교수로 있다.

문학동네시인선 110
슬픔이 오시겠다는 전갈
ⓒ 한영옥 2018

1판 1쇄 2018년 10월 13일
1판 4쇄 2021년 10월 20일

지은이 | 한영옥
책임편집 | 김민정
편집 | 김필균 도한나
디자인 | 수류산방(樹流山房) 본문 디자인 | 유현아
마케팅 | 정민호 이숙재 우상욱 정경주
홍보 | 김희숙 함유지 김현지 이소정 이미희
제작 | 강신은 김동욱 임현식
제작처 | 영신사

펴낸곳 | (주)문학동네
펴낸이 | 염현숙
출판등록 | 1993년 10월 22일 제406-2003-000045호
주소 | 10881 경기도 파주시 회동길 210
전자우편 | editor@munhak.com
대표전화 | 031) 955-8888 팩스 | 031) 955-8855
문의전화 | 031) 955-3578(마케팅), 031) 955-1920(편집)
문학동네카페 | http://cafe.naver.com/mhdn
북클럽문학동네 | http://bookclubmunhak.com

ISBN 978-89-546-5307-7 03810

* 이 책의 판권은 지은이와 문학동네에 있습니다. 이 책 내용의 전부 또는 일부를 재사용
  하려면 반드시 양측의 서면 동의를 받아야 합니다.
* 이 도서의 국립중앙도서관 출판예정도서목록(CIP)은 서지정보유통지원시스템 홈페이지
  (http://seoji.nl.go.kr)와 국가자료공동목록시스템(http://www.nl.go.kr/kolisnet)에서
  이용하실 수 있습니다. (CIP 제어번호 : CIP2018029784)

잘못된 책은 구입하신 서점에서 교환해드립니다.
기타 교환 문의: 031) 955-2661, 3580

www.munhak.com

문학동네